Eric KPODZRO

Le faucon

Recueil de nouvelles

Eric Kpodzro

Le faucon

© 2019 Eric Kpodzro/Détenteur des droits

Edition : BoD - Books on Demand
12/14 rond-point des Champs Elysées
75008 Paris
Imprimé par BoD – Books on Demand, Norderstedt
ISBN : 9782322170173
Dépôt légal : **Mars 2019**

« Le succès est la somme de la persévérance, de la loyauté, de l'apprentissage de nos erreurs et du travail » Général C. POWELL

« A chaque fois que vous dites oui à quelque qui n'est pas importante, vous dites non à quelque chose d'important. »
R.S.

Le faucon

Nul ne saurait l'ignorer. Sa présence exprime crainte et tremblement. Les plus teigneux du collège courbent leur échine devant son regard sec et pénétrant. Sam est un homme assez bien bâtit, très grand avec une petite moustache qui lui donne une double allure de calme et de férocité. Toujours en costume beige ou bordeaux, traînant légèrement sa jambe gauche, Sam ne quitte jamais ses pattes d'éléphant. Les élèves l'ont surnommé Faucon à cause de son regard balayant tout en un laps de temps, voyant sans le moindre effort ce qui ne va pas.

Le faucon est professeur d'anglais et censeur du collège-lycée du petit bourg des régions des Plateaux, au Sud-ouest du Togo. Grâce à son abnégation, il devint le bras droit du directeur, Frère Jean. Très exigent et rigoureux à la fois, le faucon est la terreur en personne des élèves. A cette époque, les élèves aimaient jouer avec la ponctualité. Ils sont toujours en retard, ce qui pose d'énormes difficultés à l'organisation scolaire. Le faucon se résout à palier seul à ce problème. Désormais, ce sera bien lui qui prendra les choses en main. Finis les amusements. Homme sérieux et sincère, il compte aussi sur sa propre discipline et sa rigueur exemplaire pour dresser ces élèves à qui manque cruellement le goût de l'effort et l'obéissance des règles de base : ces deux perles qui deviennent de plus en plus rares.

Le faucon est un homme sévère. C'est un homme de parole, parlant peu mais faisant tout ce qu'il dit. Cela, les élèves le savent. Sa sévérité est connue de tous. Même les plus récalcitrants tremblent à sa vue. Malgré lui peut-être, il devint la terreur des élèves. Il s'en délecte et s'en réclame avec fierté.

A cheval sur la ponctualité, il connaît parfaitement les cachettes, les coins et recoins des élèves. Du lundi à vendredi, alors que la sonnette retentit et que tous les élèves se ruent vers les rangs serrés, le faucon, à pas lent et mesuré, sillonne les trajectoires ignorées par les surveillants. Sa vue précise lui permet de reconnaître, de face comme de dos, la plupart des élèves en retard.

Sam le faucon n'ouvre jamais sa bouche quand il parle. Il préfère économiser son énergie et son souffle. Ce qui se laisse voir à chaque parole prononcée, c'est la danse de sa moustache. Nul ne sait par quelle voie et moyen il passa pour devenir le bras droit du directeur. Tous deux forment un duo incontournable et incomparable en méchanceté. Les mauvaises langues susurrent que le faucon n'est qu'un pauvre lèche-botte du raté de religieux qui n'est lui-même qu'un cow-boy déchu du Québec. Frère Jean fait partie de l'ordre des Frères du Sacré cœur de Jésus implanté au Togo. Il avait pour mission de redresser le collège-lycée en voie de perdition. Si on pouvait seulement entendre ce que les élèves se disent entre eux. A en croire certains, le faucon est prêt à sacrifier femme et enfant pour sauver son poste de censeur. Comment cela se peut-il ? On ignore la raison. Tout ce dont on se rappelle est qu'il est impensable de voir M. le directeur sans le faucon à ses côtés. On ne peut voir le pied droit du chef de l'établissement sans le pied gauche du faucon. Ils sont intrinsèquement liés. Le faucon a, somme toute, réussi son œuvre. Certains de ses collègues, ne pouvant voir le chef sans son intermédiaire le faucon, commencent à lui vouer une haine indicible. A tort ou à raison. Mais lui s'en fout. Si Dieu est pour nous, se dit-il, qui peut être contre nous ?

Sam le faucon reste impitoyable dans son traitement avec les élèves. Tout élève en retard tombe dans une panique profonde, et, à dessein. En voici les raisons : pour punir les retardataires, le faucon prend un caillou, le jette aussi loin qu'il peut et demande au fautif de débroussailler jusqu'à la limite fixée par le caillou. Et ce, quand il est de bonne humeur. De mauvaise humeur, il peut demander au malheureux élève de creuser un trou à hauteur de sa jambe. Après avoir fini et que l'élève jubile de la fin de sa corvée, voilà le faucon qui arrive et lui demande de reboucher le trou creusé. Punition insensée, disent les élèves. La raison du plus fort n'est-elle pas toujours la meilleure ? Dans cette région du monde, le faucon règne en maître incontestable et incontesté, avec la bénédiction du directeur.

Mais le plus fort n'est jamais assez fort pour être toujours le maître. Pour ce faire, certains principes sont à revoir. Le faucon semble tout maîtriser. Or, c'est quand on se croit insaisissable que le malheur peut s'abattre sur nous.

Sam traîne avec lui une maladie grave. Très occupé par son emploi, il n'a jamais prêté attention à sa santé. Le temple qu'est son corps reste complètement négligé. Dieu protège toujours ses enfants. Même si ceux-ci sont négligents peut-être.

Après trente-cinq ans de bons et loyaux services à l'éducation nationale, l'heure est venue pour le faucon de rendre compte de sa propre vie. A chacun, il arrive ces moments d'intenses introspections. Pour les uns, ce sont les remords et les culpabilités qui resurgissent, pour d'autres, c'est un sentiment de satisfaction et de plénitude.

Au bout de sept décennies d'existence dans la région, le collège-lycée ferma ses portes pour cause d'insuffisance financière. Les religieux partirent en ville et les professeurs reclassés, excepté Sam, puisqu'il partait à la retraite.

Le faucon, aussi solide qu'il paraît, est un homme avec sa vulnérabilité. Quelques semaines après sa retraite, il sombre dans une totale dépression. Il ne s'y était pas préparé. Difficile pour lui d'accepter cette nouvelle réalité. Après deux mois de maladie chronique, il rendit le dernier souffle entre les bras de sa femme, dans le plus absolu anonymat.

Jeunesse bâclée

Chaque enfant a son rythme de croissance. Certains sont en avance, on les appelle les « précoces », d'autres sont dans la normalité, ce sont des « normaux », d'autres encore prennent tout leur temps, on les nomme « les tortues ». La nature fait ainsi les choses. Il n'y a pas de mal à cela puisque les manques constatés peuvent être palliés. Avec un peu d'effort, ceux et celles qui ne se sentent pas choyés par dame nature peuvent, par l'apprentissage, compenser leur tare, s'il faut l'appeler ainsi.

Véronique vient de fêter ses seize ans. Pour son grand père, elle est une fille mariable. Il faut vite lui trouver un bon mari. Au risque de la voir enceinte d'on ne sait qui. Au village, le mariage est l'occasion de goûter au pur bonheur. Dans une famille où il y a beaucoup de filles, la prospérité y est logée. La raison, il y a beaucoup de mariages en perspective. Les hommes viendront y chercher leur future épouse, cela occasionnera des dots, des cadeaux et des offrandes. Grand père tressaille à l'idée de pouvoir rapidement organiser le mariage de Véronique.

Armelle, arrière-grand-mère n'est pas de cet avis. Dans cette grande famille, la parole des aînés a valeur de vérité et mérite donc respect. Selon arrière-grand-mère, les temps ont changé, il faudrait vivre avec son temps, aime-t-elle dire à son fils aux vues bornées. Contraint d'intervenir, Armelle décide de venir chercher Véronique. Désormais, elle s'occupera de son éducation en ville. Arrière-grand-mère vit elle-même chez un de ses fils, Thomas, député d'alors. Véronique passera en tout quatre années consécutives sous l'œil bienveillant et avisé de Mémé.

Véronique est capricieuse. Elle n'écoute personne et se montre de plus en plus insolente. Armelle, sa fille et son fils essayent de la raisonner, en vain. Ils perdent patience devant les incessants caprices de cette jeune fille. Assez ! Il n'y aura pas de demi-mesure. Véronique doit retourner au village chez Alphonse, son grand-père parce que récalcitrante et irrespectueuse. Cela fait dix ans maintenant qu'elle est orpheline de père et de mère. Si elle n'a pas saisi qu'il faut écouter sa famille, et surtout celles et ceux qui la nourrissent et prennent soin d'elle, alors, il faudra retourner à la case départ : le village.

Tôt le matin, elle est convoquée par arrière-grand-mère :
- *Véronique, dans deux jours, tu rentreras au village, près de ton grand père. Peut-être que tu l'écouteras, lui.*
- *Oui, je rêve de rentrer au village,* répond- elle avec aplomb.

Dans l'insouciance, Véronique oublia la cause de son départ précipité du village il y a de cela quatre ans déjà. La vie est ainsi faite. Ceux qui ont des yeux ne voient pas leur bonheur. Ils courent sans cesse après le bonheur alors qu'il est tout près. D'ailleurs, n'est-on pas aveugle à son propre bonheur ?

Véronique est au village depuis trois jours maintenant. Elle habite chez grand-père Alphonse. Frénétiquement, elle commence à fréquenter les hommes. Peut-être que la vie chez Armelle ne lui permettait pas ce genre de choses, il existait beaucoup trop de cadres. Mais au village, tout le monde est au courant de la vie de chaque personne, dans les moindres détails, frôlant ainsi les limites de l'ingérence dans les affaires d'autrui. Les faux pas et toutes les fréquentations de Véronique sont rapportés à Alphonse, preuve à l'appui. La peur que Véronique tombe enceinte d'un parfait inconnu et que cet dernier ne reconnaisse pas l'enfant tracasse grand-père. Il ne pourrait accepter de voir sa petite fille élever seule son enfant, comme c'est le cas de plusieurs jeunes mamans au village.

Clément a soixante-ans révolus. Tête ronde et du genre bien têtu. Il a une allure particulière. Sa démarche fait penser au crabe dont la patte est cassée. Ancien photographe, il est reconnu au village comme monsieur propre. Clément a un petit souci avec sa voix. On l'entend à peine quand il parle. De sa voix fréquemment enrouée, Clément émet un son faible et inaudible de sa gorge.

Clément est une personne infréquentable. Il n'a pas d'ami et personne ne veut être son ami. Cela fait belle lurette que le tissu familial est déchiré ne laissant personne indemne. Ses frères et sœurs, autrefois dans une parfaite synchronicité sont devenus du jour au lendemain, chiens et chats. Aucune rencontre ne se passe sans heurt. Tout le monde se marche dessus. Ceux dont les pieds sont fragiles s'en sortent avec une fracture ou une entorse.

Étant à la retraite, Clément cherche à se refaire une vie au village. Replié sur lui-même, il est fui par tous. Sombre et inaudible, Clément creuse son propre fossé entre lui et ces concitoyens.

Véronique est heureuse d'être au village. Insouciante, elle papillonne de-ci de-là. Au petit village, les ragots vont bon train. Alphonse se fait toujours informer sur l'habitude de Véronique. Le bilan est alarmant. Elle va droit au mur.

Ce qui peut arriver, c'est de donner naissance à un enfant qui ne connaîtra pas son père. Grand sage du village, Alphonse ne voudrait en aucune façon courir le ridicule. Véronique est majeure maintenant. Il faut agir vite.

C'est ainsi que, afin d'éviter d'être la risée de tout un village, Alphonse prit la décision la plus juste, selon lui. Le verdict est tombé : Véronique épousera Clément. Mais il ne faut rien dire à la principale concernée.

« *La rivière qui a choisi son*

chemin, l'a choisi pour de bon, et le soleil qui a fait son ascension dans le ciel ne revient jamais en arrière », se dit Alphonse. Mais on fit croire à Véronique qu'elle ira aider Clément dans la gestion de ses affaires domestiques. Sa réaction est des plus déconcertantes. Elle crut tout à la lettre ; soit parce qu'elle fit délibérément semblant de ne pas savoir ce qui se passe autour d'elle, soit, c'est en toute conscience qu'elle accepta.

Le grand jour arrive. De costume noire vêtu, Clément vient chercher son butin. C'est un gros lot pour quelqu'un de sa trempe. Heureux, il n'en revient pas de ce qui lui arrive. Clément et Véronique partent vivre ensemble. Véronique ne doute toujours de rien. Voilà ce qui arrive quand on passe plusieurs années de sa vie chez arrière grand-mère.

Deux mois se sont écoulés depuis, la voilà enceinte. Clément ne donna aucun répit à sa compagne. Avait-il peur que Véronique le quitte ? N'est-il pas sûr de cette relation ambiguë père-fille ? Somme toute, il faut rattraper le temps perdu. A soixante ans, il n'y a plus beaucoup de temps à perdre. Chaque jour, chaque instant doit être rentabilisé. Clément mène une vie à 100 à l'heure. En seulement cinq ans, il devient père de quatre enfants. Heureusement, les enfants sont en bonne santé.

Après des années de service,

Clément n'a aucunement pas pensé à sa retraite. Comme une épée Damoclès, à ses dires, la retraite lui est tombée dessus. Il semble toutefois bien la vivre.

La famille s'est agrandie depuis cinq ans. Il est important d'avoir un lieu où loger cette grande compagnie. Clément squatte dans la maison familiale. A soixante ans, pas de maison, pas de chien ni de chat. Il a toutefois sauvegardé ses costumes trois pièces qu'il sort tous les dimanches. Véronique a une marraine italienne. Par coup de chance, cette dernière lui fait un chèque d'un montant considérable. Véronique, conseillée par une amie, décide de se faire construire une maison : trois studios, deux F2 au centre du village. C'est une belle maison qui fait parler d'elle. Pour construire cette maison, Clément fit venir des ouvriers de tous horizons : maçon, menuisier, peintre. L'achèvement de la maison fut une grande fête. Clément goûte désormais au bonheur sans nom, sans précédent.

Parmi les ouvriers se trouvait un jeune charpentier. Il s'appelle Clément lui aussi. A la différence du compagnon de Véronique, ce Clément est jeune, beau et fort. Peu bavard, il préfère l'efficacité de ses mains que la volubilité de sa bouche. Sur le terrain, l'on ne parle que du professionnalisme de Clément le jeune.

En couple, cela fait quelques années que Véronique ne se sent plus vivre. L'écart qui la sépare de Clément commence à lui tarauder l'esprit. Alors qu'elle est dans la force de l'âge, elle voit son compagnon décrépir par manque d'exercice peut-être. Leur monde commence à se fissurer. Véronique rêve de nouvelles perspectives, d'aventure et de jeunesse. Clément quant à lui, ne clame que sécurité, tranquillité et calme.

Pendant la construction de leur maison, Clément l'ouvrier fit une forte impression sur

Véronique. Depuis ce temps, nuit et jour, elle ne rêve que de lui. Dans son cœur, elle nourrit des idées non acceptables par son compagnon. Clément, excellent gentleman a perçu l'attirance de Véronique. Très rapidement, ils commencent à se voir certains après-midis. Véronique trouvait toujours l'alibi pour aller voir son amant. Pour son compagnon, le charpentier n'est qu'un simple ami de sa femme, rien de plus.

Les deux amants planifient

discrètement leur plan. Il est implacable. Clément ne se doute de rien. La vie continue son cours. Un soir, après avoir dressé la table, Véronique fit manger les enfants, servit son compagnon mais refusa elle-même de manger. Debout dans un coin de table, elle lança à Clément.

- Je ne dors pas à la maison ce soir. Je quitte pour de bon. J'ai assez donné de ma personne, de ma vie. Maintenant, je pars vivre mon rêve.

- Mais Véro, qu'est-ce-qui

t'arrive ? lui dit Clément de sa voix plaintive.

- J'étouffe dans cette maison. Je veux respirer, je veux vivre ! répond-t-elle.

- Mais Véro, je t'aime, renchérit Clément.

- Garde ton amour pour tes enfants, ils en auront besoin. Moi, j'ai besoin de vivre, de sentir, m'épanouir, fit Véronique, imperturbable.

A chaque parole prononcée, Véronique se rapproche de plus en plus de la porte. Une fois près de la porte, elle l'ouvrit et s'en alla, laissant les deux grands à leur père. Une fois dehors, elle lui dit :

- J'espère que tu sauras t'en occuper.

Elle disparut dans le noir. Clément demeura interdit.

Chouette femme

L'exceptionnel existe en chacun de nous. Chez Mathilde, cela s'exprime de diverses façons. De caractère très affirmé, Mathilde est une femme débrouillarde, forte et courageuse. Elle fait partie des femmes libérées qui n'ont aucun tabou avec le sexe. Couturière de formation, elle n'a pourtant jamais réussi à tailler parfaitement une seule petite robe. Femme aventurière, elle ne connaît aucune limite quant à ses fréquentations. Mathilde est une femme libre depuis son plus jeune âge.

Alors que la cigarette faisait la fierté du genre masculin, Mathilde s'octroie le droit, quitte à briser l'interdit, de fumer à sa guise partout et devant qui que ce soit. N'en déplaise aux mauvaises langues. D'ailleurs, c'est parce qu'elles n'ont rien d'autre à faire qu'elles colportent des histoires sur d'honnêtes gens.

Ses amours sont des plus instables. C'est ainsi qu'en un soir d'été, Mathilde jette son dévolu sur un marchand de boissons alcoolisées. Ils se sont vus une fois. Mais une seule rencontre a suffi pour que Mathilde soit enceinte. Le futur père de l'enfant est malheureusement marié. Il est pris ailleurs. Il ne pourra pas épouser Mathilde. Son rêve d'avoir trouvé le prince charmant s'effondre. Elle sombre dans un profond désarroi, voyant son ciel s'assombrir. Mathilde est bien embêtée car le marchand est un grand voyageur. Son métier le pousse à aller de ville en ville afin d'écouler ses produits. Aucun nomade ne l'égale. Mathilde ne le voit que rarement. Elle refuse cependant de pratiquer le curetage. Elle garde ainsi son enfant.

Neuf mois seulement se sont écoulés, Paul voit le jour. Sa mère n'a pas trop le choix. Elle élèvera seule son petit. Le grand père est d'une grande aide. Il s'occupe personnellement de l'éducation de cet enfant. Ce dernier fait partie de la famille après tout. Quant au père, on ne le voit qu'une fois tous les six-mois.

En digne femme libérée, Mathilde ne peut pas rester seule. Elle est une femme libre et épanouie. Il faut quelqu'un pour l'entretenir. Sur son chemin, elle croise un commissaire de police. Quelques rencontres ont suffi et la fertilité de Mathilde a donné raison à un embryon. Elle tombe enceinte une seconde fois. Dans ces contrées, les hommes et les femmes utilisent moins les préservatifs, laissant parler leur nature. Les conséquences sont lourdes : maladies sexuellement transmissibles, des naissances non voulues etc.

Cette-fois ci, Mathilde espère être la femme de quelqu'un. C'est d'ailleurs le rêve de plusieurs de ses camarades. Mais pour une énième fois, son rêve tomba à l'eau, puisque le commissaire reconnu la grossesse mais déclina toute espérance quant au fait d'épouser Mathilde. Les yeux embués de larmes, tête basse, Mathilde alla voir son père et lui confia son malheur. Aucun père ne repousse son enfant. Du haut de sa sagesse, il trouva les mots justes pour consoler sa fille. Il la serra fortement et murmura à ses oreilles : « *Sèche tes larmes, ma fille. Ton père sera toujours là pour toi.* »

Apaisée, Mathilde repris ses esprits et retourna chez elle. Le cœur léger, elle reprit une vie normale, vaquant à ses occupations. Elle donne naissance à un petit garçon. Elle l'appela Noël, en référence à cet enfant né avec pour mission de sauver ses frères les hommes. En cet enfant, Mathilde porte tout son espoir. Il vient pour la sauver de tous ses malheurs. Nourrisson, Noël se voit malgré lui doter d'une grande responsabilité. Quant au commissaire, il est inexistant. On ne le voit jamais. A la naissance de son enfant, il ne daigna pas le visiter. Est-ce donc son fils ? Se demande-t-on au village.

Sans cesse, avec Mathilde, le même scénario se répète. Il se répétera toujours et toujours tant qu'il n'y aura pas une ferme décision de le transformer à la source. Certains l'appelle karma, cette succession d'événements qui n'est rien de plus que le résultat des causes plantées dans nos vies passées, qu'elles soient positives ou négatives. C'est un fait. C'est ainsi. Il y a toutefois un moyen de changer de scénario. Ce changement s'opère à condition de prendre la décision de transformer cette cause qui nous fait souffrir. Cela ne peut être possible sans un tel engagement, un effort acharné de notre part.

Mathilde est mère de deux enfants. Elle complète le tableau des familles dites monoparentales qui pullulent de nos jours. Sa situation devenant difficile, elle ne put quitter la maison familiale. Heureusement pour elle d'ailleurs. Obligée d'être patiente, Mathilde attend de voir grandir ses deux garçons, sous le regard avisé de grand-père. Qu'en est-il de ses amours ?

On ne saurait nier sa propre existence tout simplement du fait qu'on soit parent. La parentalité n'est jamais synonyme de sacrifice. Même si c'est la tendance, Mathilde n'entend pas enterrer sa vie de femme. Elle est et a toujours été une femme libre avant d'être accidentellement maman. Et cela, même Zeus en personne ne peut la lui retirer. Mais chaque chose en son temps. Pour l'heure, il faut s'occuper des enfants.

Mathilde n'a de compte à rendre à quiconque. Sa vie, c'est la sienne et non celle d'une autre personne. Bonne nouvelle : c'en est fini avec les couches. Les enfants ont grandi. Ils marchent et ils parlent. De surcroît, ils vont à l'école. L'aîné à 10 ans, le cadet en a cinq. « *C'est mon heure, je dois me réaliser maintenant. Il est temps pour moi de vivre. Et personne ne me dira le contraire.* » se persuade Mathilde.

Elle reprend le karaté, sport qu'elle affectionne depuis bientôt douze ans. Elle s'y applique corps et âme. La vitalité refait surface dans sa vie. Elle se sent enfin vivre.

Dans son entourage, se trouve un homme d'une

quarantaine d'années. C'est Nathan. Ce dernier a une belle situation. Il est indépendant financièrement et cela compte beaucoup dans un village où tout le monde connaît tout le monde et où règne la misère. Homme grand, beau et fort, Nathan remplit tous les critères que recherche Mathilde chez un futur époux. Qui plus est, Nathan a la tête sur les épaules et veut lui aussi fonder une famille. Toutes les conditions semblent réunies. A part un petit détail. Nathan sort à peine de son addiction à l'alcool. Mathilde le sait puisque tout le village est au courant. Cela n'est qu'un détail, se dit Mathilde. Qui n'a pas de problème ? Qui n'a pas quelque chose qu'il traîne à sa suite ? Connaissant elle-même ses propres tares, Mathilde ne saurait être exigeante envers les autres. Cette exigence, elle préfère l'appliquer à elle-même et se montrer douce envers les autres. Elle décide de tenter sa chance avec Nathan. Qui ne tente rien n'a rien, se dit-elle.

La rencontre se fait dans un bar. Ils décident tous les deux de se lancer. Ils se fréquentent voici maintenant trois mois. Après réflexion, ils veulent franchir un second pas : aménager ensemble. Sans plus attendre, Mathilde alla vivre chez Nathan. Tout se passe pour le mieux. Tous les deux savourent le pur bonheur. Nathan accepta Mathilde et ses deux enfants. Cela fait partie du contrat.
Mathilde ne pouvait rêver mieux : un mari et un père pour ses deux enfants.

Quelques mois plus tard, Mathilde a tous les symptômes d'une femme enceinte. Elle annonce la nouvelle à Nathan. Il est aux anges. Lui qui pensait ne jamais goûter aux joies d'être parent à cause de son addiction, le voilà comblé. Il n'existe pas de mot pour décrire son bonheur. Mois après mois, le ventre de Mathilde pousse, encore et encore. Mais au fond d'elle-même, son cœur était prisonnier de l'angoisse. Comment est-il possible d'avoir toujours ses règles alors qu'on est enceinte de quatre ou cinq mois ? En digne femme libre, Mathilde enfouie ces idées obscures au fond de son âme et préféra vivre joyeusement et gaiement. Il ne faut pas s'inquiéter ni inquiéter qui que ce soit.

Enceinte, oui Mathilde l'est. Les neuf mois se sont écoulés sans heurt, oui. Mais elle en est à son dixième mois. Les sages-femmes commencent à se poser des questions. Pourtant, il y a tous les symptômes de grossesse ; le cœur de l'enfant bat et a un bon rythme. Pour éviter toute complication, Mathilde est gardée en urgence maternité. Les contractions sont provoquées. Il faut absolument sortir le bébé afin d'éviter le pire. Après vingt-neuf heures de travail intense, une petite fille pousse ses premiers cris. Elle s'appelle Maeva. Comme elle ressemble à son père! Entend-on dire dans le village. Nathan est doublement heureux. Mathilde est fatiguée. Elle est gardée cinq jours pour les soins.

Après cela, elle rentre à la maison. Mais la maison est en feu.

Dans son euphorie, Nathan a rechuté dans son addiction. Le bonheur peut, bon gré mal gré, être un fardeau. Certains arrivent à le canaliser tandis que d'autres s'y perdent. Nathan n'arrive pas gérer son bonheur. Dispute, bagarre et querelle deviennent petit à petit leur lot quotidien. Mathilde, exténuée, s'accroche malgré tout au peu d'espoir qui lui reste. Elle refuse de revivre les précédents scénarios. Se retrouver seule à nouveau lui serait trop pénible. La peur de l'abandon l'empêche de dormir. Quand la cause de la souffrance n'est pas arrachée à la racine, elle surgit sans cesse, telle la tête de l'hydre. C'est seulement quand on y fait face, quand on affronte sérieusement sa réalité que les exploits s'opèrent dans nos vies.

Maeva a cinq mois. Elle a bien grandi. A nouveau, Mathilde de son côté a le sentiment de s'étouffer, de ne plus exister. L'homme qu'elle a jadis aimé devient une autre personne. Il ne se passe pas un jour sans qu'il ne s'enivre. Il crie, frappe et devient radicalement méconnaissable. Mathilde a peur pour elle-même et pour les enfants. Il faut faire quelque chose. Mais quoi faire exactement ?

La décision est prise. Un soir, Mathilde prend sa valise, habille ses enfants et retourne à la maison de son père. Son père l'accueille sans aucun reproche.

Ses frères lui demandent :

- Pourquoi as-tu quitté Nathan ?

Pour toute réponse, elle sourit et dit :

- Ce salaud m'a frappé et je l'ai frappé. Après je suis partie.

Titi

On n'est pas né pour souffrir indéfiniment. L'homme est sur cette terre pour vivre libre et heureux. Il n'y a pas si longtemps, que la guerre civile a éclaté au pays. Il faut se sauver ! Sauver sa peau ! C'est en suivant cet impératif que Titi arrive en France.

« (…) La paix dans mon pays.

Nous avons le droit de vivre. La paix pour mon pays ! » Scande sans cesse Titi et ses amis, épris de liberté et de leur pays. Du haut de ses 38 ans, Titi a quitté son cher pays la Côte d'Ivoire pour fuir la guerre civile. Plein de vie et de joie, il cherche par tous les moyens à vivre. Et il sait qu'il s'en sortira. Il arrive en France, pays de liberté et de tous les possibles. Il est plein de rêves.

A peine six moi de vie sur cette nouvelle terre qu'il se trouve une copine. Claudette est psychologue de formation et exerce dans le septième arrondissement de Paris. Femme accomplie, comme elle aime bien le claironner, il ne lui manquait que l'homme de sa vie. Avec Titi, elle pense avoir une réponse à ses vœux. Très vite, Titi et Claudette décident d'aménager ensemble.

Claudette sort d'une douloureuse séparation. Elle se méfie énormément des hommes en général. Une expérience vécue peut nous laisser des traces agréables tout comme désagréables. Claudette en a pris pour son grade. Désormais, elle en veut aux hommes malgré elle. La vie est ainsi faite. Très possessive, Claudette pose d'entrée de jeu les cadres. L'heure à laquelle le copain devrait rentrer, les tâches ménagères qu'il serait amené à faire. Côté finance, une participation conséquente aux dépenses de la maison est exigée. Dans l'euphorie, Titi ne voit pas en quoi cela pose problème. Pourquoi Claudette agit-elle de la sorte ? Rien, si ce n'est le résultat de sa précédente séparation. Désormais, il faut contrôler son homme, dompter ce petit bougnat, un sauvage venu d'Afrique chercher meilleure condition de vie en France. Claudette se dit doter d'une mission de la plus haute importance : civiliser et dompter cet africain.

Titi vient de la Côte d'Ivoire. Il a une licence en linguistique.

Dans son pays, il faisait partie du groupe des rebelles, de ceux qui posent un problème au gouvernement. De sang chaud, Titi n'avait pas sa langue en poche. C'était un homme très dégourdi, prenant sans aucune hésitation des initiatives dans le cadre de son développement. Titi a toujours su ce qu'il voulait et ce qu'il faisait. Ainsi, une fois qu'ils ont aménagé ensemble, Titi se créa un petit job. Il s'acheta des livres pour les revendre. Son secteur d'activité est la gare de Lyon. Homme d'action, il n'attend jamais que les choses viennent à lui ; il les provoque : telle est sa ligne de conduite. Son stock est enfin prêt. Il faut trouver un local pour les mettre à l'abri. Titi a une piste : le bureau de son meilleur ami.

A la gare de Lyon, un service dédié aux personnes à mobilité réduite y est basé. Titi a un ami qui travaille dans ce milieu. Feu vert, il peut y déposer quelques cartons, à condition d'être discret. Mais la discrétion n'est pas son fort. Il devait se présenter tôt le matin, à l'ouverture de l'agence et récupérer ce dont il a besoin pour la journée. Mais Titi ne respecte pas ces consignes pourtant précises et claires.

Homme à la voix forte et tonitruante, il parle à tout le monde et se sent chez lui partout où il passe. C'est sa fibre commerciale, se dit-il. Titi n'a pas de titre de séjour, comme la plupart de ses compatriotes. Mais il n'est pas n'importe quel sans papier. En face de lui, on se croirait devant un ami, un frère. Il ne parle jamais de ses difficultés administratives. Fier et bien dans sa tête, il considère qu'il se trouve dans une situation passagère, qui ne s'éternisera point. Propre sur lui, il manie avec dextérité la langue de Molière. Jouissant d'un bon sens relationnel, Titi voit son chiffre d'affaire augmenter au fur et à mesure que les jours passent. Pionnier en vente de livres à la sauvette, il se fait vite remarquer par les voyageurs. Il ne vend jamais un livre sans en livrer le résumé, le contenu, une phrase ou une citation. Se mettant toujours à la sortie de la gare, courtois et avenant, il présente aux passants ses produits, sourire aux lèvres. Chacun lui donne ce qu'il veut, car aucun prix n'est fixé à la base.

Pour Titi, la vie est belle, même si cette façon de vendre des livres à la sauvette est interdite. A deux reprises, il fut interpellé par les forces de l'ordre et relâché quelques heures après. Titi n'est pas homme qui abdique facilement. Une fois relâché, vite il se remet au travail. Il est vrai que les pionniers reçoivent des coups de la vie. Mais le chemin est plus aisé pour ceux qui empruntent cette voie ultérieurement.

Cinq mois plus tard, on vit un deuxième puis un troisième vendeur de livre à la sauvette à la gare. Titi en a fait des disciples. Il y a maintenant concurrence, rivalité et coup bas. En honnête homme, il changea de secteur et se rendit désormais à la gare Montparnasse. Là, tout se passe bien pour lui. De temps en temps, il repasse à la gare de Lyon voir l'évolution des choses. Titi s'épanouit dans son travail ; n'en déplaise à sa compagne, une psychologue psychopathe, comme il aime bien le dire.

A la maison, l'ambiance s'empire. Claudette revient à la charge : « (…) à partir de maintenant, tu sonneras pour que je t'ouvre. Tu rentreras seulement quand je suis à la maison. » Elle exige que Titi lui donne tout ce qu'il gagne dans la journée, au risque de le dénoncer aux policiers qu'il est un sans papier qui travaille au noir. De son propre gré, Claudette s'impose la fameuse contrainte d'appeler Titi tous les quarts d'heure dans la journée. Ainsi, pense-t-elle, il ne pourra plus rien dissimuler. Titi devra rentrer à 20h à la maison et doit cuisiner. C'est aussi lui qui, les mercredis et les Week- end, repasse, fait le ménage et pour son devoir d'homme, l'honorer de massage et tout ce qui suit.

Malgré tout, Claudette n'est toujours pas rassurée. Pour elle, Titi n'est qu'un salaud qui profite d'elle ; suspectant sa possible relation avec d'autres filles. A ses yeux, Titi a l'allure d'un homme infidèle ; pire, il doit probablement avoir eu des enfants en Côte d'Ivoire. C'est donc la raison pour laquelle on ne voit jamais la couleur de son argent.

L'homme le plus solide a des moments de faiblesse. Titi n'est qu'un homme parmi tant d'autres. Il n'en peut plus. Un beau matin, après avoir pris son café, il quitta Claudette pour la rue. La liberté n'a pas de prix.

Comment je me suis rapproché de ma fille.

Abas n'a qu'une seule envie : revoir Chloé, sa fille. Cela fait quatorze ans qu'il a perdu de vue son unique fille, la seule que la vie lui offert. Aucune information sur la mère, aucune.

Abas vient d'une famille nombreuse. Il a trois sœurs et

deux frères. Ce sont dans les cris et les hurlements, la violence et le mépris de l'autre qu'il a grandi. Jamais, il n'a reçu un signe d'affection venant de son père ni de sa mère. Vis-à-vis de ses parents, les enfants n'étaient qu'un investissement. A cinq ans, ils devaient aider père et mère et si possible porter la famille. Les garçons étaient naturellement supérieurs aux filles, inutiles de chercher à comprendre. Les enfants, il les faut dresser, comme on dresse un chat ou un chien.

Dans cette ambiance où règnent haine et violence, Abas et ses frères grandissent sous la houlette d'un père sévère. La mère, quasi inexistante, soutient tout faux pas de son mari. D'ailleurs, elle ne peut lui opposer la moindre résistance. A la maison, seule la voix du père résonne quotidiennement.

Abas a 17 ans maintenant, il rêve de liberté, d'épanouissement. Son oncle, malgré lui décide de donner un coup de main à son frère. « Abas ira vivre à Paris chez son oncle ». Fini les mauvais souvenirs. Par moment, il vaut mieux s'éloigner des siens pour que le calme revienne. Mais l'éloignement n'exige -t-il pas le retour ?

Abas est désormais loin de sa famille. Il habite chez son oncle paternel qui l'accepte malgré lui. L'oncle a quatre enfants. Il les adore. Abas s'épanouit au sein de sa nouvelle famille. Mais vite, la situation se dégrade. Abas devient insupportable à la maison. Il refuse d'aider à faire les travaux domestiques. Tout devait lui être apporté sur un plateau doré. Étant le plus grand de la famille, il en abuse. L'oncle, du haut de ses cinquante ans, intervient pour mettre de l'ordre : « (…) Écoute, je suis le seul chef de cette maison. » Cette simple phrase a suffi à poser les limites à son neveu.

La leçon est vite comprise. Résultat, Abas décide de s'envoler de ses propres ailes.

Rapidement, il se prend un petit studio, et monte un commerce : le Starbuck et un taxi phone; Il fait travailler sa nièce, puis un cousin. L'oncle est fier de son neveu. Le voilà devenu homme. Non, il est un pilier de la famille. Désormais, on peut compter sur lui. Abas se réalise enfin. La famille lui voue une totale admiration.

Quelques mois plus tard, un incident vient troubler le calme de la famille. Un soir, Abas fit une découverte : la caisse de sa boutique est vide. Un voleur est passé par là. Mais le voleur en question n'est personne d'autre que son cousin. C'est un comportement inadmissible pour Abas. Hors de lui, il fit venir son coupable, le sermonne sévèrement et le renvoie chez lui. Désormais, ce maudit cousin est licencié. Mais comment se faire licencier quand on n'a pas signé au préalable un contrat ? De son côté, Abas ne put porter plainte. Les affaires de famille se règlent en famille. Depuis cet incident, il prit à nouveau ses distances avec tous ses proches : cousins, cousines, oncles, tantes, belles sœurs. Dans la vie, il faut à certains moments, prendre le large et vivre cacher pour vivre heureux.

Abas décide de s'appliquer à lui-même cette sagesse, il veut réaliser ses rêves, quitte à couper tous les ponts avec sa propre famille. Vaut mieux s'entourer des personnes qui nous font avancer et nous tirer vers le haut que des personnes aux basses énergies, amoureuses de bassesse et de médiocrité. Abas se fait de plus en plus rare. Il a une seule obsession : revoir sa fille Rhita. Cela fait maintenant quinze ans qu'il ne l'a pas vu. « Comme elle doit avoir grandi, devenue une grande et belle jeune fille ? Et sa mère, qu'est-ce qu'elle est devenue depuis ce temps ? Ah ! La magnifique Bibiane, la belle brune que j'ai aimée dans la jeunesse. Comment faire ? » Il passe des journées entières à se poser des questions jusqu'à l'obsession.

Abas remue ciel et terre, appelle tous ses anciens amis, ceux qui connaissaient à l'époque Bibiane, ceux qui se rappellent surtout de leur histoire d'amour. Au bout de neuf mois de recherches acharnées mais infructueuses, Abas reçu un coup de fil qui changera sa vie. Alors qu'il était en pleine courses pour son unique magasin informatique, un de ses anciens amis l'appela. Il aurait pu refuser de répondre, puisque c'était un appel masqué. Abas décrocha malgré lui :

- Allo ! À qui j'ai l'honneur ?

- Abas, mon vieil ami, comment vas-tu?

- Alors, dites-moi, c'est qui à l'appareil ? Votre voix ne me dit rien.

-Abas, tu as la maladie des vieux à ton âge ? C'est Nico, ton vieil ami de lycée

- Nico, Nico, quel bon vent t'amène ?

- Ah, tu n'as pas changé. Demande comment je vais au moins.

- Je sais que c'est la grande

forme chez toi, comme d'habitude. Pas besoin de te le demander.

Après des échanges du même genre, Nico lui dit le motif de son appel

- Ecoute, j'ai appris que tu cherches le téléphone de ton ancienne petite amie de lycée, Bibiane. Tu ne vas pas croire, je l'ai vu il y a trois jours.

Abas retint son souffle, avant de demander à son ami

- Tu sais où elle habite ? Comment va-t-elle ? Et Rhita ma fille ?

Abas enchaînait les questions sans attendre les réponses. Il n'arrivait pas à comprendre ce qu'il lui arrive. Après avoir écouté ses questions, Nico lui dit :

- Tout ce que je sais, c'est qu'elle est au plus mal. Elle est à la limite de la dépression. Elle va tellement mal que sa fille Rhita a été placé en famille d'accueil. Le juge avait trouvé qu'elle n'était pas en mesure d'élever seule son enfant. Cela fait dix ans que Rhita est en famille d'accueil.

Elle ne se sent pas si mal là où elle se trouve.

Il y eut un grand silence au bout du fils. Celui qui cherche trouve, dit-on. Abas vit défiler dans sa tête toute sa vie. Ce qui était le plus troublant, c'est de revoir toute la violence qu'il fit subir à Bibiane. Il se rappela très précisément que, sous l'effet des substances, il devenait ingérable et faisait de sa compagne la meilleure cible. Il la rouait de coups, l'injuriait. L'alcool faisait de lui son jouet.

La drogue le poussait à considérer la mère de sa fille comme une chose. On se sert d'une chose. Cette chose n'a pas besoin de considération particulière. Telle était la mentalité d'Abas à l'époque. Mais cette chose est une personne. Cette personne est sa compagne, la mère de sa fille. Abas fut pris d'un remord qui le fit prendre conscience de l'atrocité de ses actes passés, tous ces actes qui ont poussé Bibiane à fuir avec Rhita, leur enfant et chercher à se sortir de la violence quotidienne.

Le passé refait surface, surtout quand les problèmes qui nous assaillent autrefois ne sont pas résolus. Raisons pour laquelle, il est nécessaire de les résoudre dès qu'ils surgissent dans nos vies. Ils ne sont là que pour nous faire avancer et révéler notre vraie nature.

Abas passa sa main droite sur le visage, prit une profonde respiration et demanda à son ami, d'une voie emplie de regret

:

- sais-tu dans quelle ville se trouve-telle ?

-C'est simple. Elle habite à Rouen. Elle a quitté la ville pour Rouen depuis son accouchement. C'est donc en vacances à Rouen que je l'ai croisé par pur hasard. Elle n'était pas en aussi grande forme.

- As-tu son téléphone ? A-t-elle changé de numéros ?

- Oh non, elle est fidèle de ce

côté-là. Elle a toujours le même.
- Tu m'es d'une grande aide. Tu ne t'en rends peut-être pas compte. En tout cas, je te remercie infiniment Nico.

Abas se sentit pousser des ailes. Il a maintenant une piste. Tout faire pour retrouver Bibiane. « Trouver la mère de ma fille, c'est retrouver ma fille. » A partir du jour où Abas eut le téléphone de la mère de sa fille, il ne dormait plus. Il n'avait qu'une seule idée : retrouver Bibiane. C'est elle la pièce qui manque du puzzle.

Le lendemain matin, à 10h, Abas se détermine d'appeler Bibiane. C'est son jour. *Il faut battre le fer quand il est chaud.* Le téléphone sonne :

- Allo, qui est-ce ?
- C'est moi, Abas
- Abas ?

Il y eut un moment de silence.
- Abas, tu es vivant ?
- Oui, je suis toujours en vie. Et toi, comment vas-tu ?

*-Ce n'est pas la grande forme. Mais ça va. On fait aller.
- Tu es toujours à Aix ?*

Abas ne savait pas par où commencer. Il fallait commencer quelque part toutefois.

-Non, c'est une longue histoire. Je suis actuellement à Rouen.

Abas sentit que le dialogue était établi. Il pouvait continuer. Surtout, pas de faux pas.

- Et comment va notre fille ?

Il y eut un nouveau blanc. La peur gagna Abas. Il pensait avoir commis une erreur. Le temps paraissait long et interminable. Prenant son courage à deux mains, il renchérit :

- Tu es toujours là ?
- Oui, oui, je suis là. Je surveille de loin le chat qui risque de faire une bêtise.

Il ne faut surtout pas perdre le fil, garder la tête froide et avoir à l'esprit le sujet de discussion.

- *Comment va Rhita,*
- *Ah, Rhita. Je préfère en parler non au téléphone mais en personne.*
- *Oui, je comprends…*

C'est ainsi que petit à petit, Abas réussi à voir Bibiane. Ils décident quelques mois plus tard de se remettre ensemble. L'initiative vient d'Abas. Il a toujours voulu refaire sa vie avec Bibiane. Il l'a toujours aimé. Ses rêves, pour une seconde fois, se réalisent. Semblables à deux enfants qui se retrouvent après les vacances, Abas et Bibiane mirent de côté les griefs du passé. L'amour juvénile prit place, laissant loin derrière eux les coups de poings et les injures. Ils vont au restaurant ensemble, se baladent au bord de la mer. Il est important de profiter du moment présent. Le passé est passé. Ce que nous avons à notre possession, c'est le présent. Vivons alors le présent sans regret. C'est le plus beau cadeau. Pendant trois jours successifs, ils refont le monde, main dans la main. Tout ce temps de silence fut balayé d'un revers de main.

Abas a une idée bien précise. Une fois la mère retrouvée, il ne faut pas se reposer sur ses lauriers. La mère n'est qu'une cité illusoire lui permettant de prendre des forces. Il faudra s'attaquer à la phase suivante. Si le ciel est clair, la terre est visible. Chez Abas, rien ne peut être plus clair. Retrouver Rhita et se remettre avec Bibiane.

Ils se sont déjà remis ensemble. Reste à retrouver le fruit de leur amour d'antan. Abas se rapproche de plus en plus de ses rêves. Heureuse d'avoir retrouvé l'homme qu'elle avait aimé dans sa jeunesse, Bibiane concède à tout ce que veut Abas. Surtout, il ne faudrait pas reproduire les mêmes erreurs du passé. Mais tous les deux avaient oublié un principe très important : *si on continue à faire les choses comme on a l'habitude de les faire, on obtiendra les mêmes résultats.* Faire autrement les choses, tel devait être leur mot d'ordre.

Abas et Bibiane conviennent de rendre visite à Rhita tous deux dans sa famille d'accueil. Il a été interdit à Bibiane d'élever seule sa fille, de la voir aussi sans accompagnement. Dépressive et souvent ivre, elle ne pouvait assurer la protection de son enfant. Il a été défendu à Abas d'approcher sa fille car jugé dangereux pour son épanouissement. Mais tout cela est du passé. A deux, on est plus forts.

Abas et Bibiane prirent donc rendez-vous avec la famille d'accueil. Une date de visite fut fixée non sans difficulté. Tous deux, ils se rendirent au lieu de rendez-vous. La première rencontre fut une réussite. L'espoir renaît dans leur cœur. Enfin, Bibiane et Abas peuvent s'imaginer vivre normalement, comme une famille normale. Ils réussirent à obtenir une garde de trois jours. C'est une grande victoire. Rhita put ainsi connaître la grand-mère, les deux tantes et ses deux oncles. Tout heureuse, elle naviguait dans le bonheur. Pour une fille de 15 ans, elle n'avait pas beaucoup de questions à poser. Elle était protégée.

Bibiane devenait de plus en plus calme, apaisée. Mais ce n'était que sous l'effet des stupéfiants. Abas, sachant le penchant de sa compagne, lui en fournissait sans limite. Fumer et boire, Bibiane en avait à volonté. Le calme dont elle affichait n'était que le produit des stupéfiants.

Il est connu que se cacher derrière l'alcool ou la drogue réduit la vitalité. Un jour ou l'autre, il devient trop tard. Nous y laissons notre santé. En voulant sauver son couple, Abas ne fit que le détruire par ignorance. Or l'ignorance est plus dangereuse que la pire des méchancetés. Petit à petit, Abas qui se disait homme de la situation commença à retomber dans ses travers. Il ne pouvait se passer ni de la drogue ni de l'alcool. Il se mit à nouveau à porter la main sur Bibiane, devenant violent et agressif.

Bibiane, voyant le retour en grandes pompes du scénario qu'elle avait fui, pris la plus grande des décisions. Un après-midi, alors qu' Abas était dans sa boutique, elle disparue à nouveau alors qu'elle était enceinte de deux mois. Jusqu'à nos jours, Abas ne sait où habite la mère de sa fille.

Fredo

Travailleur acharné, Frédo n'a qu'un seul motif : manger à la sueur de son front. Pour lui, seul le travail fait l'homme. Ancien footballeur hors pair, il se fit remarquer par sa résistance phénoménale. Mais Frédo a un petit défaut dont il aimerait se débarrasser : l'envie.

Il est difficile pour lui d'admettre que quiconque le dépasse en quoi que ce soit.

Jeune, il fallait qu'il soit en tête du classement, qu'il soit le plus acclamé de tous les jeunes du village. Mais la vie n'est pas ainsi faite. Parfois, on peut être amené à se hisser soit en tête de liste, soit à la queue, loin derrière tout le monde. Cette réalité est difficile à admettre pour Fredo. Mais ce qui est permanent dans ce monde, c'est l'impermanence.

Benjamin de sa famille, il se maria très tôt et eut cinq enfants qui font son bonheur. A quarante ans, il est aussi frais et dynamique comme à sa jeunesse. De taille petite, ses dents sont limées laissant apparaître sa gencive. De cela, Fredo n'est pas complexé. Il affiche un sourire rayonnant quand l'envie le prend. Les rapports avec ses aînés ne sont pas des plus simples. Il en veut à ses frères et sœurs mais on ignore la raison. Dès fois, il vaut mieux ne pas remuer le fond du puits, au risque de tomber sur des choses non souhaitables.

Travailleurs sans égal, il a une autre occupation. Fredo élève des cochons. Dans cette contrée, le cochon est un animal économiquement rentable. Mangeant de tout, son élevage est d'une facilité déconcertante. Fredo devint rapidement le référent de l'élevage de pourceaux. Il en a une bonne cinquantaine.

Emma, la sœur aînée de Fredo, lui fait la commande d'une truie. Elle veut essayer ce type d'élevage. Fredo réclame pour un porcelet de deux mois 7000 FCFA. Emma paie comptant et rajoute la somme de 2500 FCFA pour encourager son frère.

Elle fit construire un enclos pour son élevage. Elle s'en occupe bien. L'animal grandit jour après jour, devenant le sujet de discussion de tout le village. Comment fait-elle ? Quel est son secret ? En effet, la taille et le poids du l'animal de six mois équivalaient à celui de douze mois. On dirait que sa race était exceptionnelle, ignorant que le plus grand des secrets d'Emma n'était rien d'autre que l'amour et le soin. Les animaux sont des êtres vivants. En leur manifestant respect et amour, ils s'épanouissent et donnent le meilleur d'eux-mêmes. Emma avait saisi ce principe. Même si elle ne mange pas de viande de porc, elle n'en prive pas ses enfants. Aucune histoire religieuse là-dessus. Simplement question de goût et d'indigestion.

Un jour, alors que les enfants sont partis à l'école et que sa sœur aînée s'est rendue au champs, Fredo s'introduisit dans la maison d'Emma et prit le cochon, comme s'il lui appartenait. « Au voleur ! Au voleur ! »

On se rendit compte à la surprise générale, que le voleur en question n'était personne d'autre que Fredo, le frère de sang d'Emma.

Vuvuzela

L'homme est un animal doué de raison, Aristote nous l'avait dit. Il a le logos, nous le savons aussi. Mais cet homme a aussi des temps de silence, des moments où il revient à lui-même, réfléchi à ses actions et à sa vie. De toute évidence, des moments de silence lui sont plus que nécessaires. Cette réalité est un triste fardeau pour Vuvuzela.

On l'appelle Vuvuzela. Il a

toujours le crâne rasé. Cette décision fut prise depuis que le tout premier cheveu est tombé de sa délicate tête. « Cela passera plus discrètement. Sinon, quelle drôlesse de tête j'aurai en voyant tomber mes cheveux sans pouvoir rien faire ? J'aurai l'air d'une pintade humaine. Non, je suis encore jeune et je compte le rester longtemps. » Une fois ces réflexions faites, Vuvuzela décida d'avoir toujours le crâne rasé. Et c'est chose faite.

Il a un travail d'accompagnateur. Il est au service des personnes à mobilité réduite et il s'y plaît dans son métier. Marié et divorcé depuis dix ans maintenant, son ex-femme lui refuse de voir sa fille. La raison nous est inconnue. Vuvuzela est sans cesse dans une féroce excitation. Infatigable beau parleur, il pavane et déblatère des idioties à longueur de journée. Il dispose d'un public qui lui est fidèle : ses collègues de travail. Vuvuzela à la tête en l'air et de surcroît bruyant. Il ne peut parler calmement. Au lieu de parler, il hurle. Mais il a un atout ; c'est un grand sportif dont le corps est bien tracé.

Voilà à quoi ressemble la vie de Vuvuzela au travail. A son arrivée, le bureau entre en effervescence. Il crie, il hurle, et, pour finir, il pleure. Son thème de prédilection : les femmes. Cette créature jamais comprise et admirablement divine. Capable de décrire dans les moindres détails une femme qui passe, on aurait cru un obsédé. Vuvuzela gère assez mal ses ardeurs, rivalisant ainsi à merveille avec le bouc. Le proverbe a-t-il raison de dire que ceux qui trop en parlent sont ceux qui moins en font ?

Vuvuzela a un alibi. Il travaille à la gare Montparnasse. Il est donc normal de croiser du monde, et qui plus est les femmes. Les femmes circulent à longueur de journée : des petites, des grandes, fortes, fines, rousses et blondes. Il s'en délecte gloutonnement. Il ne s'empêche pas de suivre les filles jusque dans le train, prétextant accompagner les personnes à mobilité réduite. En face d'elles, il ne voit que les seins et le derrière. Il se dit lui-même psychopathe du sexe. Mais refuse toute thérapie.

Avec ses amis, Vuvuzela organise un voyage au Maroc. Après avoir durement travaillé, ils s'accordent un moment de répit : les vacances. Ils sont au Maroc, tout se passe bien à

Casablanca. Ils sont restés deux semaines à faire les touristes. Les bonnes choses ont aussi une fin.

Il est temps de rentrer en France. Vuvuzela et ses amis plient bagages. Arrivés à l'aéroport, un petit contrôle s'opère. Les douaniers se dirigent vers le groupe français. Vuvuzela et ses amis ne doutaient de rien.

-Monsieur, montrez-nous votre passeport !

Après un bref moment, deux douaniers lui dirent :
- *Monsieur, veuillez nous suivre s'il vous plaît.*

Ses copains se demandent ce qui se passe avec leur ami. Dix minutes, quinze minutes, aucune trace de Vuvuzela. Ils commencent à se poser des questions. Prenant leur courage à deux mains, ils se dirigent vers les douaniers pour s'enquérir de la situation de leur ami.

-Pourquoi retenez-vous notre

ami, Messieurs les douaniers ?

-Question de papier. Le passeport de votre ami est expiré. Il ne pourra pas monter à bord avec vous.

- Qu'est-ce-que cela veut dire ?

Surpris, les camarades renchérissent :

-Que lui arrivera-t-il alors ?

Sourire aux lèvres, un douanier daigne leur répondre :

- Il sera renvoyé dans son pays d'origine.

« Quel inconscient celui-là ! Pas de bol ! Vraiment il n'a pas assuré», se dirent ses camarades.

«Il faut le faire quand même. Cela fait plus de dix-neuf ans que Vuvuzela vit en France. Il ne s'est jamais préoccupé des démarches administratives ni demander la nationalité française. En plus, il a vécu sept ans avec une femme, a eu un enfant. Cela n'a pourtant pas suffi à le booster. Quel dommage !» *

Résultat des courses, le Maroc expulsa Vuvuzela à son pays

d'origine.

REMERCIEMENTS

Un grand merci à vous qui, grâce à votre soutien, je poursuis cette aventure qu'est l'écriture. Toutes suggestions ou idées sont les bienvenues.

Livres publiés

La chute du sacro-saint, éd. Book on demand, 2019

Tempête au temps calme, idem,

Que dire, c'est revivre, Amazon, 2018

Le crabe n'aura pas raison, éd. Scripta, 2018

Essai socio-anthropologique des noms et prénoms éwé et akposso au Togo, éd. Les impliqués, 2018

A publier

Pépites dorées,
La route de Vicq,
Les multilpes visages d'Elvin,
Beauté ébène,

RESTONS EN CONTACT

Pour me suivre, faites un tour sur mon site:
www.eric-kf.com

A très bientôt

Eric KPODZRO